Clock

Vase

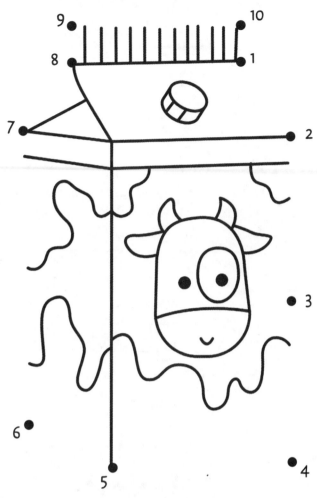

9 • 10
8 • 1
7 • 2
• 3
6 • 4
5

Milk

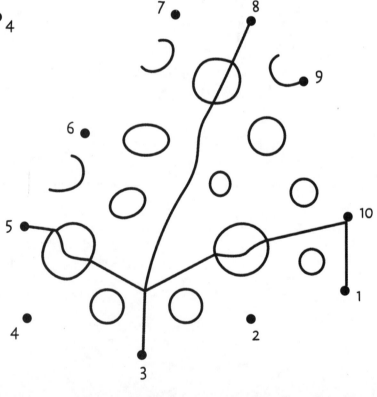

7 • 8 •
6 • • 9
5 • 10 •
4 • 1
2
3

Cheese

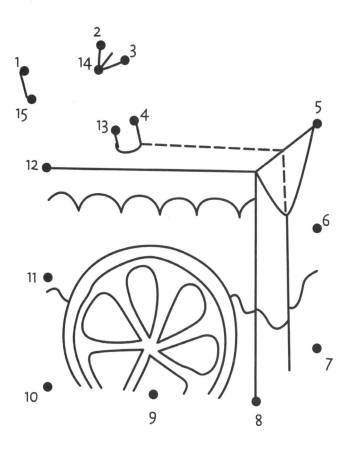

1
2
14
3
15
13
4
5
12
6
11
7
10
9
8

Juice

12
1
11
2

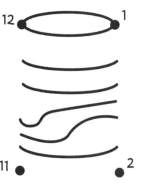

10
3
9
4
8
5
7
6

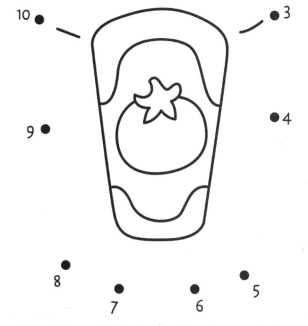

Ketchup

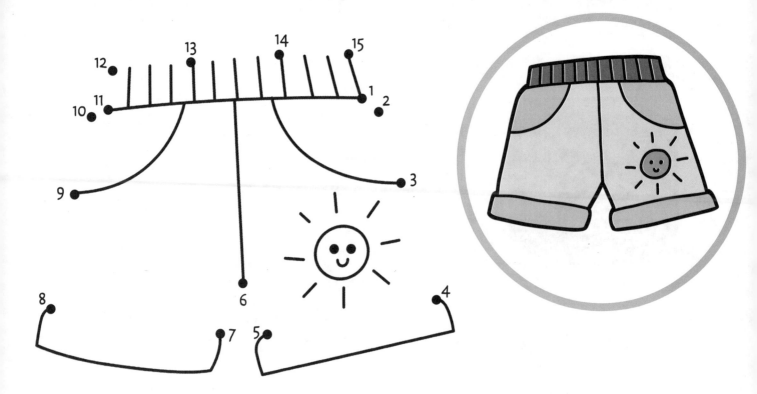

12
13
14
15
11
10
1
2
9
3
8
6
4
7
5

Shorts

15
1
14
2
3
13
9
4
12
10
8
5
11
6
7

Glove

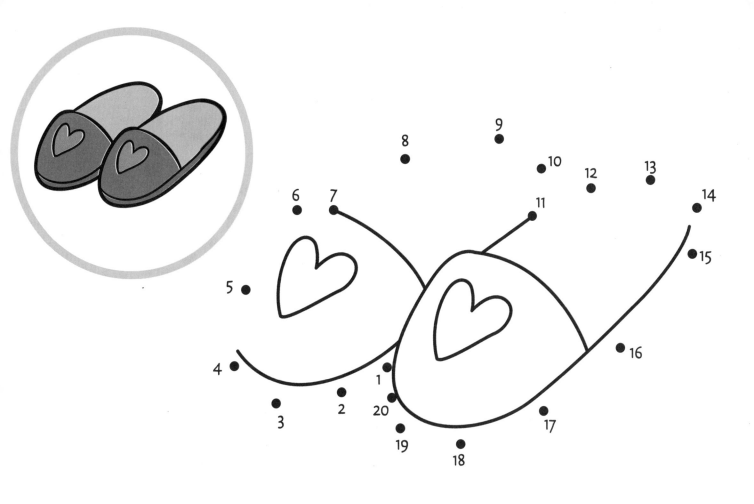

Slippers

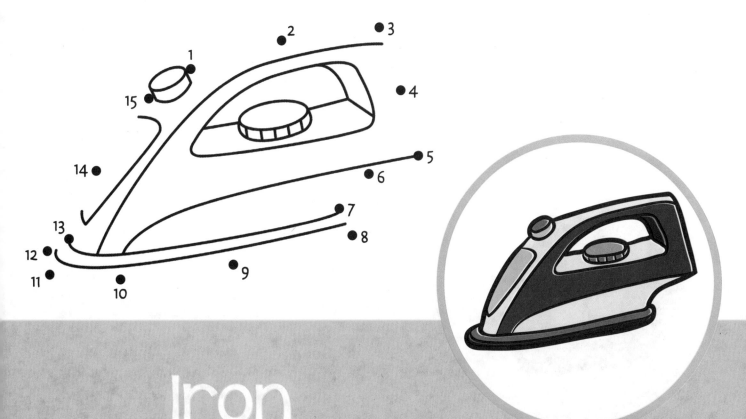

Iron

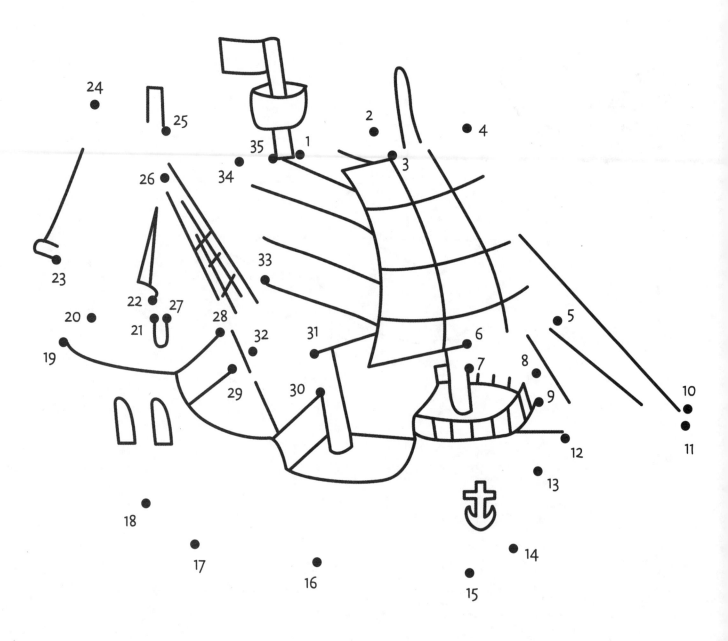

Ship

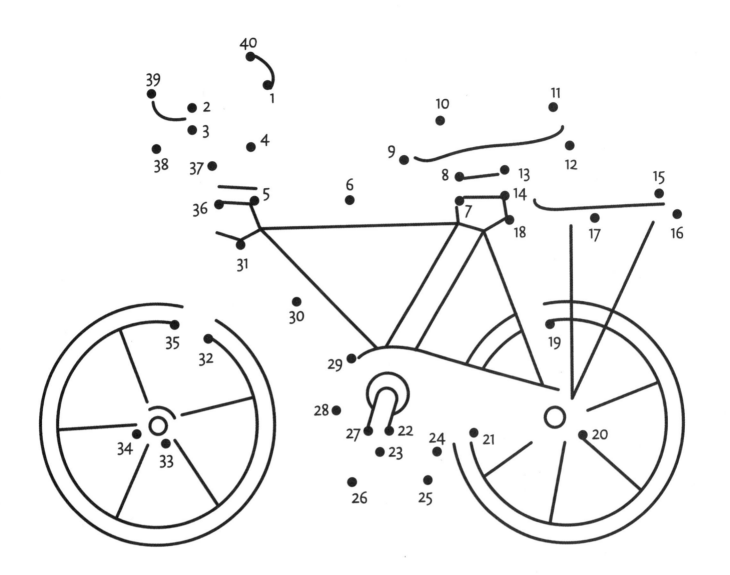

Bicycle

1
2
3
4
5
6
7
8
9
10
11
12
13
14
15
16
17
18
19
20
21
22
23
24
25
26
27
28
29
30
31
32
33
34
35
36
37
38
39
40

Elephant

Rooster

1
2
3
4
5
6
7
8
9
10
11
12
13
14
15
16
17
18
19
20
21
22
23
24
25
26
27
28
29
30
31
32
33
34
35

Cake

1
2
3
4
5
6
7
8
9
10
11
12
13
14
15
16
17
18
19
20
21
22
23
24
25
26
27
28
29
30
31
32
33
34
35

Christmas Tree

Leaf

1
2
3
4
5
6
7
8
9
10
11
12
13
14
15
16
17
18
19
20
21
22
23
24
25
26
27
28
29
30
31
32
33
34
35

Bear Cub

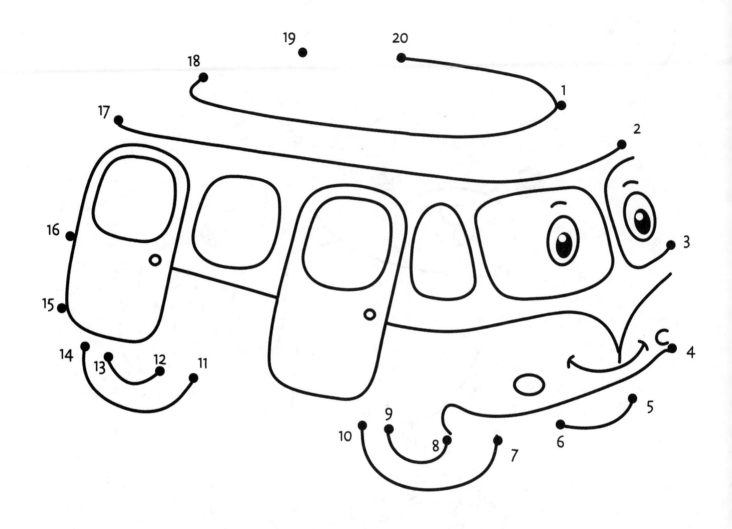

Van

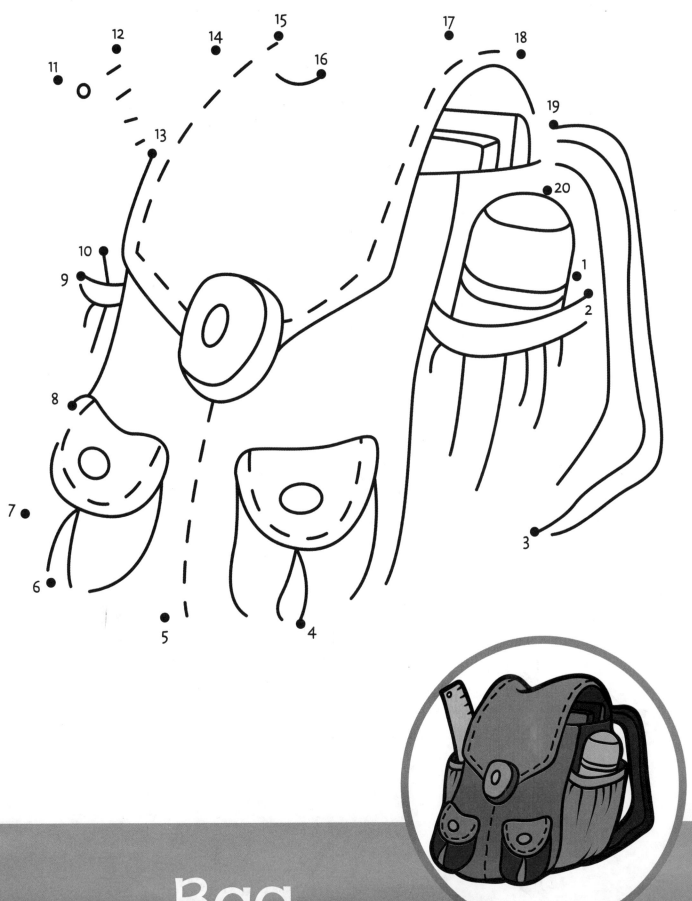

Bag

Dog